AF249719

LETTRE

DE MONSIEUR D. C***.

A M. L'ABBÉ FRERON,

SUR SON ODE,

INTITULÉE

LES CONQUESTES DU ROI.

A BRUXELLES.

M. DCC. XLIV.

truire moi-même. Malheur à ceux dont l'efprit fait rougir le cœur , & qui ne s'acquiérent la réputation de bel efprit qu'aux dépens de celle d'honnête homme. Mais entrons en matiere ; car je vous vois dans l'impatience d'entendre les avis qu'on ofe vous donner.

Je commencerai d'abord par vous louer ; j'avoue qu'en général il y a du feu , de la Poëfie dans votre Ode ; & je puis avancer fans crainte d'être obligé de me retracter , qu'on y trouve en quelques endroits le caractère du talent. Mais auffi que de mauvais vers ! quel galimathias d'expreffions ! quel vuide affreux de penfées ! que d'épithetes lâches déplacées , & triviales ! que de fautes enfin contre la raifon !

En voici une des plus groffieres. Vous évoquez la guerre du fond des enfers : vous la peignez comme un monftre affreux , & ce monftre devient la Minerve du Roi , fa conductrice & fon confeil ; il faut que l'entoufiafme vous ait furieufement emporté au-delà de la fphère de la raifon , pour vous faire tomber dans un pareil écart ; ces défauts ne fe pardonnent point , & celui-là fait un grand tort à votre Ouvrage ; un homme moins vif & plus fage , eût donné pour guide à notre Monarque la Gloire , ou la Victoire ; & j'imagine que cette fiction eût produit les mêmes beautés. Sans doute que vous ne lifez plus Horace ou que vous l'avez oublié. Il vous auroit appris qu'un Poëte comme un Peintre a la liberté d'ofer tout , d'imaginer tout ; mais qu'il ne doit point affocier des oifeaux avec des ferpens , & des tigres avec des agneaux.

Pictoribus atque Poëtis
Quidlibet audendi femper fuit æqua poteftas
Scimus & hanc veniam petimusque damusque viciffim ;
Sed non , ut placidis coëant immitia non ut
Serpentes avibus geminentur , tigribus agni.

Voyons , examinons votre Ode , ftrophe par ftrophe. Voici la premiere.

I. Strophe.

» Quelle Divinité barbare
» S'offre à mes yeux épouvantés , ...

J'aurois mis d'abord au lieu de *s'offre à mes yeux épouvantés*, frappe *mes yeux épouvantés*, ce mot me paroît plus Poëtique, & peint davantage, *s'offre* eſt languiſſant ; mais cette remarque eſt peu de choſe, paſſons à une autre.

Des Serpens forment ſa couronne, je ne ſçais ſi je me trompe, le mot de *couronne* me paroît ici déplacé, on dit bien une couronne de diamans, de fleurs, d'or, de fer ; mais *une couronne de ſerpens*, voilà pour le coup du nouveau, & du ſingulier ; auriez-vous trouvé quelque exemple de cette hardieſſe dans Malherbe, Deſpreaux & Rouſſeau ? Virgile, il eſt vrai, a bien entortillé de Serpens les cheveux des Furies, il ne s'eſt point ſervi du terme de couronne ; d'ailleurs la guerre eſt fort bien dépeinte, cela fait un tableau fini, ſi j'étois trop ſcrupuleux, je pourrois vous arrêter ſur ces deux Vers, *s'offre à mes yeux épouvantés & arme ſes bras enſanglantés*, qui ont une cadence monotone & la même meſure ; je vous dirois que dans ce Vers, *le tonnerre gronde à l'entour*, à l'entour eſt foible, mais ce ſeroit une marque de la mauvaiſe humeur, & je n'en ai point.

II. Strophe.

» Suivi de la noire cohorte.
» Le Monſtre vengeur de tes droits...

Voilà donc la guerre ſuivie de toutes les furies, qui va trouver le Roi, je n'ai pas beſoin de vous repeter que l'introduction de cette divinité dans votre Poëme, eſt une faute qu'on ne ſçauroit trop vous reprocher, au reſte la fiction eſt aſſez bien ſoûtenuë, ſi l'on vous jugeoit à la rigueur, & vous le mériteriez, car vous n'avez pas ménagé les autres ; on vous diroit que vous vous êtes reſſouvenu de cet endroit du quatriéme chant de la Henriade, où le fantôme de Guiſe donne à Jacques Clement

une épée.
Qu'aux infernales eaux la haine avoit trempée.

Mais ces ſortes d'imitations ſont bien permiſes.

A ij

III. Strophe.

» Je sçais que mon pouvoir suprême
» Ne fut jamais l'appui des tiens. . . .

Oh pour le coup nous voici dans le galimathias, le foible & l'amphibologique ! On peut dire hautement que cette strophe est très-mauvaise , d'abord les quatre premiers Vers sont lâches , diffus , & se trouvent partout sans parler du contresens qui les défigure encore ; vous avez oublié les guerres de 1733. & 34. , comme celles de 42. & 43.

Mais sur des rivaux mercenaires ,
Yvres d'exploits mercenaires ,
C'est assez verser de bienfaits.

Que veut dire là l'épithete de *mercenaires* ? vous me répondrez que vous vouliez rimer richement , mais la raison que deviendra-t-elle ? Vous n'en sçavez rien peut-être , pour moi, j'ignore où elle peut s'être cachée dans cette strophe , & puis *c'est assez verser de bienfaits* ne s'entend point , est-ce le Roi, est-ce la guerre qui les répand ? *fiat lux* , il falloit donc mettre une note sçavante à côté de ces Vers pour la commodité du Lecteur , & l'avertir charitablement que la rime étoit cause qu'il y avoit si peu de raison. Les trois derniers Vers sont détestables pour la pensée & la versification. *Taxeroit* ne doit point entrer dans une Ode , ce sont de ces mots à rejetter , la guerre avoüe ici ses forfaits , & vient s'offrir pour compagne au Roi. Ah, Monsieur l'Abbé , où est l'homme sensé ! la Motte auroit fait une strophe aussi mal versifiée, mais du moins elle n'eût pas choqué le bon sens.

IV. Strophe.

» Ainsi la valeur endormie ,
» Du plus bouillant de mes Guerriers. . . ?

En voici une qui heureusement fait oublier l'autre , elle

eſt bien exprimée. *Je rompis ce fatal ſilence*, ſilence eſt foible , & l'expreſſion eſt fauſſe , il falloit mettre ſommeil ou
létargie , mais cette malheureuſe rime produit bien de mauvais Vers : qu'eſt-ce que *ſa lâche barrière* ? cette épithete - là
n'eſt point faite pour ce ſinonime , *lâche* eſt - il au figuré ou
au ſimple ? dans l'un & l'autre ſens il me paroît fort mauvais,
je ne vous intente point de procès ſur *au néant de ſon indo-
lence*, bien de gens ont blâmé ce *néant*, pour moi j'aime cette
hardieſſe , & je trouve qu'elle eſt fort expreſſive.

V. S T R O P H E.

„ C'eſt-là que , par ſa main terrible,
„ J'abbaiſſai le front ſourcilleux. ...

Il me ſemble que la comparaiſon d'Achille eſt trop éten-
duë , & que cette ſtrophe eût dû être fonduë dans la premiere , d'ailleurs elle n'ajoute rien à l'autre que de l'ennui , *main
terrible , ſiége horrible* : voilà de ces épithetes qui ne tien-
nent à rien , & qui ne ſont que pour la rime; cette ſtrophe
eſt lâche , diffuſe , & n'eſt remplie que des mots , *des Grecs
à ſa perte animés* , fait en vers foible & commun, *les morts
les débris , les ravages* , voilà pour le coup du la Neufville
tout pur que vous avez cependant tant critiqué , j'avouë que
l'Ode demande quelquefois ce qu'on appelle en latin *ingenies;*
mais on doit être ſobre là-deſſus , je puis dire que cette ſtrophe eſt fort inutile , le Lecteur s'en pouvoit paſſer auſſi bien
que l'Auteur , j'ai fait encore une autre remarque générale ſur
votre Ouvrage , il eſt farci d'épithetes , les rimes ſont tra-
vaillées dans un goût écolier , il ſemble que vous vous ſoyez
occupé ſérieuſement à remplir des bouts rimés , je conviens
que la rime embellit beaucoup la Poëſie , mais on ne doit pas lui
immoler la raiſon , il ne faut point qu'elle arrête trop l'atten-
tion du Lecteur , ce qui devient puerile , & il y a dans votre
Ode beaucoup de Vers riches de rimes , mais pauvres de ſens
& de force.

VI. Strophe.

» Louis, d'auffi belles Conquêtes
» Seront le prix de ta valeur...

S'embrafera de ma chaleur. Que ce Vers eft foible ! la chaleur n'embrafe point, elle échauffe ; cela eft bien différent, au lieu de chaleur il eût fallu mettre feu ou flamme, c'eft pour le coup que le Lecteur maudit la rime, toute cette ftrophe eft lâche, & n'abonde qu'en mots, le dernier Vers *confa-cre les nobles efforts*, eft d'un foible qu'on ne peut foûtenir, c'eft comme fi l'on difoit de *fa noble vertu confacra les nobles efforts*, car *mâle & fublime* ne rend point un autre idée, il faut cependant avouer que la comparaifon de Titus eft ici dans un nouveau jour, & bien employée ; jufqu'à préfent on n'avoit vanté que fon humeur bienfaifante, & cela étoit ufé, on n'avoit point encore celebré fa valeur, & il eft certain que le Siége de Jerufalem doit éternifer cet Empereur autant que fes bienfaits.

VII. Strophe.

» Tu peux, couronne Arbitres,
» Des querelles des Pontentats.

Ce n'eft qu'en marchant fur la trace du Dieu conquerant de la Thrace, que ce dernier Vers eft mauvais, plat & trivial, à peine en voudroit-on aujourd'hui dans la plus miferable can-tatille, mais je ne cefferai de vous crier, la fureur de rimer, Monfieur, vous a fouvent égaré, à ce que j'en puis ju-ger ; voilà felon vous tout le mérite de la Poëfie, & vous êtes affurement un très-grand homme, fi les noms de bon-faifeur de rimes & de grand Poëte font finonimes. Je fuis perfuadé que vous vous êtes fort applaudi d'avoir rimé *trace* avec *Thrace,* & que tout de fuite vous vous êtes mis à côté de Rouffeau dont vous n'avez imité que la richeffe des rimes : ces vers font faits pour faire trouver *trace* avec *Thrace* ; l'heureufe invention ! Cretin & Moulinet vous l'euffent cedé pour ce rare talent ; plu-

lieurs perfonnes ont traité de galimathias, *fans les ailes de la vic-*
toire pour moi je ne crains point de dire que ce Vers m'a paru
bon, tout ce qu'il me préfente une image, eft prefque toujours sûr de me plaire, je penfe que pour juger d'un Ouvrage
de Poëfie, en fentit les beautés, il faut encore plus d'imagi-
nation que de raifon, & par malheur le nombre des gens qui
peuvent imaginer eft encore plus rare que ceux qui fçavent
raifonner.

VIII. Strophe.

» Il dit & le Heros furmonté
» L'amour de fon cœur pour la paix,

Que ces trois premiers Vers font durs! Chapelain feroit en
droit de vous les redemander comme un larcin que vous lui
avez fait, voilà bien les freres de ce fameux vers,

De ce fourcilleux roc l'inébranlable cime

L'amour de fon cœur pour la paix eft du dernier profaïque, il eft
foible & dur tout à la fois, *fur le char de la guerre il monte ;* ce
Vers là eft de fer, il faut cependant pour votre confolation vous
predire que dans quelques fiécles il pourra paroître un genereux
& fçavant Commentateur qui fe déclarera votre Champion, &
fera accroire à nos bons Neveux que ce *monte* fait une figure
admirable, & que vous l'avez mis & pris pour peindre l'action
de monter, *le Ciel voit pâlir fes couleurs*, le joli Vers de Ber-
gerie! Il n'eft point du tout dans le goût de l'Ode, & devient
dans cette forte image, fade & déplacé.

Et de la nature attriftée.
Du monftre l'haleine empeftée
Deffeche les fruits & les fleurs ;

Vous avez trouvé bons ces deux vers de Monfieur de Voltaire, lorfqu'il dit à propos de la difcorde, que

Son haleine en cent lieux repand l'aridité
Le fruit meurt en naiffant dans fon germe infecté,

& vous les avez parodiez assez heureusement, il y a d'ailleurs
dans ces trois derniers vers une espèce de cacophonie, que
nos Grammairiens, gens dévots & zélés pour la langue, ne
vous pardonnent point, ces *de* & *du* jettent une obscurité
dans l'expression ; voilà donc le Roi entouré de furies, &
côte à côte d'un Monstre.

IX. STROPHE.

» Louis apperçoit dans sa course
» Ces vieux Guerriers maîtres du fort,

Cette strophe est une des plus belles de votre Ode, il faut
cependant la mettre après celle où vous comparez le Prince
de Conti à Annibal ; elle renferme l'image & le sentiment,
les vers en sont bien faits, on trouve que vous vous repétez
dans cette strophe, *& qu'avides de ternir la source d'un sang
respecté par la mort* » ressemble pour la pensée à *puisant une
nouvelle vie, ne respire que le trépas, ils brûlent de suivre les
pas*, si j'étois trop difficile, je vous accuserois d'avoir pris ce
vers tout entier * dans un ouvrage, plus connu encore par sa noir-
ceur que par ses beautés, mais j'aurois tort de vous chican-
ner là dessus, ce sont de ces vers que les Poëtes se prêtent
comme un bien commun, & qui circulent de Poëme en
Poëme, sans qu'on les traite de vol & de plagiat vous au-
riez pu finir votre strophe par un vers plus fort que *ne respire
que le trépas*, *puisent une nouvelle vie*, est un participe foible & languissant, adopteriez-vous cette correction ?

Les Phi-
lippiques.

Ne puise une nouvelle vie
Que pour affronter le trépas,

X.ᵉ STROPHE.

» Quand déployant toutes leurs rages,
» Les enfans du Nord déchaînés,

Vous employez *rage* au plurier, accomodez-vous avec les
Grammairiens, *sement la nuit & les orages* ; ce vers qui me
paroît

paroît exprimer une belle image, a été encore critiqué par nos gens à gros bon fens, à l'ame ftupide, & à l'oreille lourde & péfante. Notre Poëfie Françoife fera toujours au-deffous de la Grecque, de la latine, & même de l'Angloife, par la feule raifon qu'elle n'adopte aucune hardieffe, & c'eft juftement cette timidité qui la rend fi reffemblante à la Profe; voilà ce que produifent dans notre langue les fauffes délicateffes de nos femmes & de nos petits maîtres. *Des agneaux commis à fa foi*, quelle chute! que ce Vers eft foible, & qu'il tombe mal, de même que le dernier Vers, *cacher fon trouble, & leur effroi*, voilà une ftrophe dont la fin eft languiffante, l'image eft affez bien exprimée, mais elle n'eft pas neuve.

XI. Strophe.

» Tel à l'approche redoutable
» Du fpectre évoqué de l'enfer, . . .

A l'approche redoutable & *la nuë épouvantable*, on voit bien que vous aviez befoin *d'épouvantable* pour la rime,

Et l'on ne voit de toutes parts
Que vils efclaves de la crainte,
Se précipiter dans l'enceinte
De leurs inutiles Remparts.

Il me femble voir ces troupeaux fur lefquels Ajax épuifoit fes fureurs, croyant tailler en piéces Ulyffe, & toute l'armée des Grecs; bien des gens fe font révoltés contre ces derniers Vers, cette louange ne leur a point paru délicate, vous avez oublié ce Vers paffé en proverbe, *à vaincre fans peril on triomphe fans gloire*, vous n'oppofez aux coups du Roi que de miferables fuyards, ce n'eft point ainfi qu'on louë les Héros, & qu'Horace a célébré Agrippa; ... Mais, Monfieur l'Abbé, quand trouverons-nous donc des penfées? l'Ode à la fortune du fameux Rouffeau, notre maître commun, eft femée d'images, mais à côté de ces images font les plus belles penfées qu'ait pu produire l'efprit humain.

XII. Strophe.

»Suspendant son destin tragique
»A l'abri des retranchemens, ...

Eh quoi ! toujours des Vers foibles, ce participe *suspendant* jette un froid qui glace ; pourquoi encore l'épithète de *tragique* ! pour rimer richement à *belgique*, cette manie de rime vous fait faire bien des sottises, cette image est trop longue des trois quarts, il falloit que les traits fussent plus ramassés, c'est un délayage de couleurs, & un groupe de figures sans proportion.

Dans Louis il croit voir Hercule
Le destructeur de ses pareils.

Cette pensée est assez ingénieuse, & bien renduë.

XIII. Strophe.

»Armé de la terrible lance
»Que la guerre mit dans sa main, ...

Et toujours une grande abondance de mots, la fin de cette strophe est encore foible.

Bellone elle-même l'admire,
Orgueilleuse que son empire
Ait un guerrier tel que Louis.

Cette Prose rimée ne dit rien, &c.

XIV. Strophe.

»Courage mon fils, lui dit-elle ;
»Combats, triomphé sous mes yeux, ...

Ces quatre premiers Vers sont fort beaux, dans la suite il y a du jargon, du lâche, & du déraisonnement ; ces *Al-*

xandres ne se trouvent là qu'à cause de *Cendres. C'en est assez pour mes Autels?.*Qu'est-ce que cela signifie? Vous faites venir encore ici Bellone, autre divinité, j'ai cru jusqu'à présent que Bellone & la guerre n'étoient qu'un ; apparemment que je me suis trompé, *immortels & immortelle*, sont trop voisins l'un de l'autre; mais ce sont là de ces négligences bien pardonnables, il seroit à souhaiter qu'on ne pût vous reprocher que de pareils défauts.

XV. Strophe.

» Mais tandis que ma voix rapide
» T'arrête au milieu des hazards, ...

Ma voix rapide t'arrête, ces idées là ne sont pas faites pour se trouver ensemble, les Vers de cette strophe ne sont pas méchans, mais ce n'est que de la phrase; j'espere que vous nous allez accabler de pensées, elles sont sans doute reservées pour la fin.

XVI. Strophe.

» De Menin l'animal farouche
» S'enfuit à pas impétueux, ...

Ce terme d'animal est bas & ignoble, j'aurois mis celui de Monstre, il eût été plus passable, le sens de ce Vers est louche, c'est l'inversion qui cause cette obscurité; bien des gens croiroient que vous avez voulu dire *l'animal* de *Menin*, comme on dit la *Gargouille* de Rouen ou la *Tarasque* de Tarascon.

S'enfuit à pas impétueux.

On dit court à pas impetueux, & s'enfuit à pas précipités.

Et va du malheur qui le touche,
Glacer ses vengeurs fastueux.

Ces Vers sont plats & misérables, *le malheur qui le touche* est du dernier foible, & *vengeurs fastueux* pour rimer à *im-*

petueux , est encore plus foible & plus mauvais.

De cent villes par ses allarmes ,
Il ébranle le fondement :

Quelle image gigantesque !

Et jusqu'aux Marais de Bruxelles,
Il fait voler les étincelles.

Vous avez un furieux esprit d'imitation , rendez ces deux Vers à M. de Voltaire , quoiqu'il les ait retranchés de son epître sur la calomnie , & donnez-vous la peine d'en réfaire deux autres , voilà en verité un lion bien terrible , *parturient montes nascetur ridiculus mus.*

XVII. Strophe.

» Comme un rocher qui d'Amphitrite ,
» Ose briser les Flots amers. . .

Cette strophe n'est encore qu'un amas de mots vuides de pensées , depuis quand les rochers font-ils les tyrans des mers , voilà un nouveau genre de domination que j'ignorois , ensuite voici *Thetis* & *Amphitrite* à côté l'un de l'autre , ces deux divinités ont toujours été prises dans le même sens , d'ailleurs cette comparaison est vieille & rebattuë , elle n'est ici qu'assez mal rajeunie.

XVIII. Strophe.

» Non moins sublime, non moins ferme ,
» Par les boulevards redoutés. . . .

Le premier Vers à sa dureté joint une expression fausse ; que veut dire la *Sublime ?* Il n'est point François en ce sens , a-t-on jamais dit un homme sublime, pour exprimer un homme glorieux , orgueilleux , ce sont-là de ces fautes inexcusables , si j'étois bien délicat , je vous reprocherois cette rencontre d'*Ypres* avec *prétendoit* , cela forme un choc desagréable pour une oreille Poëtique, enfin je n'ai encore vu de penfées que dans la neuviéme ftrophe.

> Les cendres des tours embrafées
> Font des nuages dans les airs.

Que ce dernier Vers eft foible, & qu'il finit mal la ftrophe, l'image d'ailleurs eft puérile, j'ai remarqué en général que les chutes de vos ftrophes font languiffantes, c'eft un grand défaut, je ne demande point dans l'Ode des chutes épigrammatiques, comme chez la *Mothe*, mais je veux un certain nombre, cette harmonie que Rouffeau entendoit fi bien, & que vous êtes encore loin de poffeder. Il faut avouer qu'il eft difficile d'approcher de ce grand Maître.

> *Grajis dedit ore rotundo*
> *Mufa loqui*

Peu de Poëtes ont connu ce talent, il faut être connoiffeur en Poëfie pour fentir quelles font ces fineffes de l'art que j'exige de vous, je ne vous parle donc point une langue étrangere, car combien de gens lifent des Vers fans s'y connoître, ils font pis, ils en jugent, & tandis que ces froids Profateurs n'ont pas dans la tête le moindre germe d'idée Poëtique, ils ofent raifonner fur cet art & porter des Jugemens qu'ils croyent irrévocables.

XIX. Strophe.

> » Sus les débris de ces murailles,
> » Bellone s'éleve foudain. . . .

Cette ftrophe forme un tableau admirable, voilà de la haute Poëfie, mais elle eft déparée par ce Vers *d'affreux monceaux de funerailles*, *funerailles* n'a jamais voulu dire *morts*, cela n'eft point François, il ne faut être hardi que lorfque les hardieffes produifent de grandes beautés, fans cela les licences deviennent des fautes. Le grand Corneille l'avoit faite lui-même dans fa Tragédie du Cid, lorfqu'il dit :

> *Se faire un beau rempart de mille funerailles.*

M. Scuderi n'a pas manqué de relever cette erreur, & sa critique sur ce point fut approuvée de l'Académie, qui s'exprime ainsi : *L'Observateur a bien repris cet endroit, car le mot de funerailles ne signifie point de corps morts.* Peut-être que la décision de ce Corps respectable ne sera pas de votre goût; nous avons des preuves de votre incrédulité sur ses oracles. *Rendent hommage à ses fureurs*, me paroît un peu foible ; les trois derniers Vers sont noblement exprimés.

XX. Strophe.

» Ah, dit-elle quel doux spectacle
» Les Alpes offrent à mes sens !...

Voici enfin la belle strophe, & qui a remporté tous les suffrages, on a raison de dire que le Jugement du Public est presqu'infaillible, car il faudroit être bien envieux ou bien ignorant pour ne pas rendre justice à ce morceau,

Sa gloire devient ton partage.

Bellone sans doute parle au Roi, on a besoin d'avoir une mémoire bien assurée, on pourroit encore reprocher à ce vers un peu de foiblesse, mais

Quelques tâches, quelques défauts
Ne deparent point une belle. Gress.

Cette strophe renferme une louange des plus justes & des plus ingenieuses, de mauvais raisonneurs, car où ce peuple là ne fourmille-t-il point, ont voulu quintessencier ce vers *dans l'Histoire de leurs ruines*, ils ont bavardé, discuté, & il s'est dit force sottises ; de ces sottises il a été conclu qu'on ne pouvoit dire *l'Histoire de leurs ruines*, parce que les Alpes n'ont point été détruites par Annibal, ni le Prince de Conti, & que ces montagnes separeront toujours jusqu'à la fin des siécles, la France, de l'Italie, je ne rapporte ces pitoyables raisonnemens que pour montrer dans quels travers peut tomber l'esprit humain, & sur-tout l'esprit de ces petits Abbés, Ecoliers, Rimailleurs, Nouvelliftes, efpèce d'infectes de la Litterature, qui naît & meurt dans le caffé de Procope. Vous voyez, Monfieur, que fi je faifis les occafions où je puis vous critiquer; je ne laiffe point échaper celles où l'on doit vous donner des louanges.

XXI. Strophe.

» Mais quel faux efpoir vous reveille
» Soldats du fuperbe Lorrain...

Je ne puis comprendre la fin de cette ftrophe, fi le Rhin gemit que fon onde favorife nos ennemis, pourquoi dites-vous que Loüis va flétrir fes bords d'une honte prochaine; il n'a point de honte à craindre, il doit plutôt afpirer avec impatience à cet heureux moment; voilà une obfcurité qu'on ne peut penetrer, je ne fçai fi vous avez voulu faire une énigme, fi c'étoit votre deffein vous avez réüffi. *Au fond de fa grotte profonde*, à la rigueur on trouveroit dans ce vers une repetition de confonnes, ces *fond* & *profonde*, mais je vous l'ai déja dit, je n'infifte point fur de pareilles Critiques.

XXII. Strophe.

» Dès que de vos lâches intrigues
» Il aura percé fes réplis,...

Ces quatre premiers vers ne font pas admirables, que veut dire encore *couvert de vos ciprés funebres*, voilà du jargon Poëtique, *il appellera les tenebres*, ce vers eft felon moi d'une beauté achêvée, ce font là de ces hardieffes qui n'appartiennent qu'au grand Poëte, & que peu de gens font en état de goûter, mais laiffons ramper fur la terre ce Troupeau fervile, tandis que le genie s'éleve dans les Cieux.

XXIII. Strophe.

» François fous des plus doux aufpices.
» Vous verrez renaître ces jours,...

Le commencement de cette ftrophe eft verfifié dans un goût qui répond à la douceur & au gracieux de l'idée,

> Et Moi plongeant aux noirs abyfmes
> L'horrible amas de mes victimes,
> La mort, le tumulte & l'effroi :

Voilà bien de l'emphafe, il eft vrai, & je crois déja l'avoir dit ; l'Ode en demande un peu, mais qu'eft-ce que *la mort, le tumulte & l'effroi* ? de grands mots qui produifent du bruit, & voilà tout ; cette ftrophe eft une des mieux terminée.

Voilà, Monfieur, quelles font à peu près mes réflexions fur votre Ode ; je n'ai pas befoin de vous répéter le jugement avantageux que j'en ai porté au commencement de cetté ftrophe ; tout ce que je puis dire, c'eft que la 1, 2, 4, 9, & 10 ftrophes font celles qui m'ont paru les plus belles, les autres n'en approchent point pour la force, ni pour l'expreffion. Vous voyez, Monfieur, que je n'ai point cherché à exciter le rire des fots ou des méchans ; je n'écris point pour cette partie honteufe de l'efpèce humaine ; j'ai fait mes efforts pour raifonner fenfément. : en un mot, je vous ai jugé comme je me ferois jugé moi-même. Cependant vous êtes bien le maître d'appeller de ma Sentence ; je ne crains point que vous me foupçonniez de partialité. Il y a longtems que j'ai dit que l'envie & la jaloufie étoient des paffions qui fe faifoient fentir à tous les hommes ; mais les bons cœurs ne s'en laiffent étourdir qu'au premier mouvement & les rejettent au fecond, au lieu que les mauvais cœurs s'y complaifent & s'en nourriffent ; j'euffe voulu plus de penfées dans votre Ode ; ma Critique ne doit point vous allarmer ; Malherbe & Corneille, ces génies fi admirables, ont effuyés le même fort ; il eft vrai que leurs Cenfeurs avoient beaucoup plus de lumieres que moi. De tout ceci je puis tirer une conféquence, qui par malheur pour nous eft inconteftable ; c'eft que la Poëfie quelque parfaite qu'elle foit, ne pourra jamais arriver à ce degré de perfection où les autres Arts femblent être parvenus. J'attens avec impatience l'Ode de M. l'Abbé de Bernits, celle de M. Villaret, & le Poëme de M. d'Arnaud fur le même fujet ; je ne doute point qu'ils ne profitent de vos fautes.

J'ai l'honneur d'être,

MONSIEUR,   Votre, &c. D. C. ***